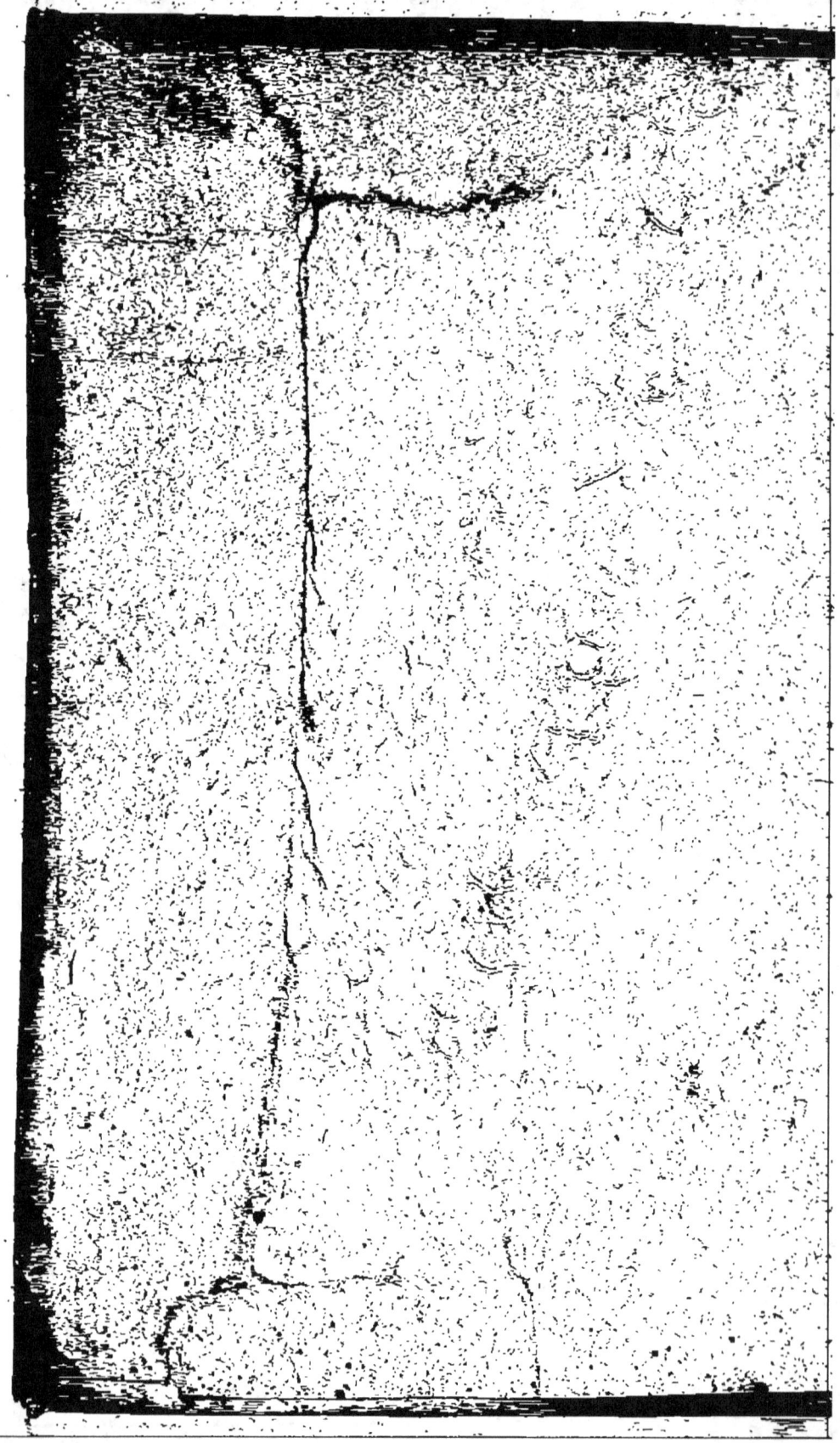

47187

LE DOVBLE

ESPRIT

D'ELIE.

QVI INTRODVIT L'AME
dans la vie Actiue, &
Contemplatiue.

par le P. Paul de Lagny Capucin

Obsecro vt fiat in me duplex Spiritus
tuus, 4. Reg. cap. 2.

Capucins

A PARIS,
Chez GILLES ANDRE', au
Cloiftre S. Iullien le Pauure,
à l'Image Saint François,
proche S. Seuerin.

M. D. C. LVII.

Auec Approbation, & Priuilege du Roy.

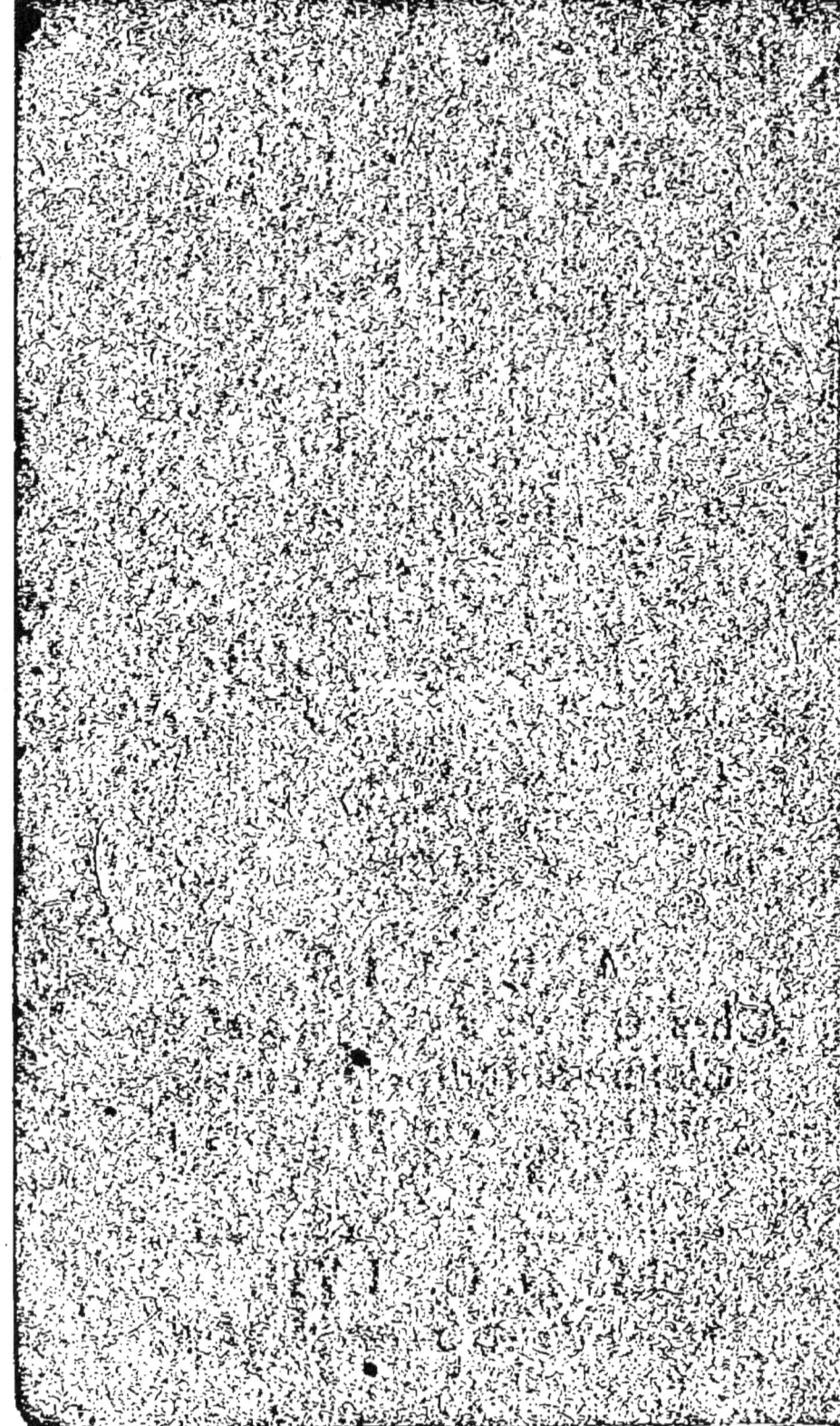

AVIS
AV LECTEVR.

TOute la vie Spirituelle se comprend dans ce peu de mots, bien prier Dieu, & bien faire ses actions : Par le premier on loüe Dieu, & par le second on fait sa volonté. Par le premier on apprend à conuerser auec les Anges, & par le second auec le prochain. Par le premier on fait l'Office de Marie, & par le second celuy de Marthe : par le pre-

4

mier on demande à Dieu les graces necessaires à salut, & par le second on les met en pratique. La connoissance qu'une personne de pieté a euë de l'importance de ces deux petits exercices, & le desir qu'elle a de s'en seruir m'a obligé de les faire imprimer vne seconde fois en forme de petit Liure, & en plus gros caracteres, pour estre plus commodes. Si ceux entre les mains de qui ils tomberont sont assez fidels pour bien pratiquer le peu de preceptes qu'ils contiennent, i'espere en la bonté de Dieu, qu'ils se metteront en

estat de recevoir vne plus grande abondance de ses graces, qui
les feront iouïr en terre de la
plenitude du Double esprit de
l'Action, & de la Comtempla-
tion, qu'Elisee demanda à
Dieu, par les merites du Prophete Elie son Maistre, quand
il fut enleuë au Ciel dans vn
Chariot de feu.

INTRODVCTION
A LA VIE
CONTEMPLATIVE.

DE L'ORAISON
Mentale, en general.

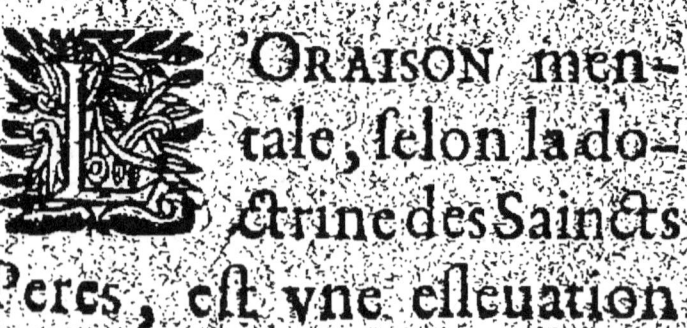'ORAISON men-
tale, selon la do-
ctrine des Saincts
Peres, est vne elleuation

d'esprit à Dieu : c'est à dire,
vne application de noftre
ame vers fa diuine Majefté,
foit par l'acte d'entendement , lors qu'on penfe
à luy : foit par l'acte de la
volonté, lors qu'on l'aime
actuellement : foit enfin
par celuy de la memoire,
en fe reffouuenant de fa
diuine prefence.

   L'Oraifon Mentale fe
diuife en Infufe & Acqui-
fe. L'Infufe eft vne effeua-
tion d'efprit à Dieu , qui
n'eft point en noftre pouuoir , & ne dépend point

de noſtre trauail , mais
ſimplement de la pure li-
beralité de Dieu Noſtre
Seigneur , qui la donne
quand il luy plaiſt, comme
il luy plaiſt, & dans le degré
qu'il luy plaiſt. L'Acquiſe,
eſt vne eſleuation vers
Dieu , qui s'acquiert auec
trauail , & qui eſtant en
noſtre pouuoir auec le ſecours ordinaire de Dieu,
ſe peut enſeigner par les
hommes.

L'*Oraiſon* Acquiſe ſe
ſubdiuiſe en Meditation,
Oraiſon d'affection , &

Contemplation, selon les trois puissances de l'ame, à sçauoir, entendement, memoire, & volonté. De sorte neantmoins qu'encore bien que la parfaicte Meditatiõ soit formée par les actes des trois puissances susdites : & plus excellemment encore l'Oraison d'affection ; mais tres-parfaictement la contemplation, qui renferme eminemment dans son simple acte, ceux de la meditation, & de l'Oraison d'affection, comme le nom-

bre de trois contient aussi
eminemment en soy vn, &
deux : Toutefois nous di-
sons que la Meditation appartient singulierement à
l'entendement, parce qu'il
y a la meilleure part, comme celuy qui trauaille da-
vantage : & l'oraison d'affection à la volonté, parce
que l'ame y est presque
continuellement occupée
à produire des actes d'a-
mour de Dieu. Enfin que
la Contemplation regarde
particulierement la me-
moire, d'autant qu'on ne

à la vie Contemplatiue. Il
s'y apperçoit presque point
des discours de l'entendement : & que d'ailleurs les
affections bouillantes de la
volonté sont comme fon-
duës, & liquefiées en de
tres simples ressouuenirs
de Dieu, qui excitent dans
la volonté vn amour tres-
fort, mais tres-paisible vers
sa diuine Majesté.

La Meditation est donc
vn discours de l'entende-
ment qu'ou fait sur quel-
que mystere, ou verité de
nostre saincte Foy, pour en
tirer de bons sentimens,

qui nous portent à desra-
ciner le vice de nostre
cœur, & y establir la vertu;
ce qui doit estre la fin de la
bonne Oraison.

L'Oraison D'affection,
est vn entretien amoureux
de l'ame auec Dieu, qui se
pratique par les personnes
aduancées en la vertu, &
attirées par quelque mou-
uement extraordinaire du
S. Esprit, & où la volonté
des-ja beaucoup esputée
de ses imperfections à la
meilleure part; c'est àdi-
re, qu'il y a plus d'amour

que de difcours.

La Contemplation. Eft vn
fimple regard de l'entendement, ou reffouuenir de la
memoire , accompagné
des actes rres purs de la volonté , par lefquels l'ame
trouue fon repos dans l'en-
uifagement de fon cher
amour , qu'elle ayme fur
toutes chofes. Oress, il arriue qu'en meditant , pra-
tiquant l'Oraifon d'affe-
ction , ou contemplant,
il furuienne vne lumiere
diuine qui nous efleue , en
nous appliquant fans diffi-

culté, ains pluftoft auec
facilité, & tranquillité, à la
poffeffion du diuin objet
que nous recherchions:
alors cette Meditation,
Oraifon d'affection, &
Contemplation, feront ap-
pellées infufes: mais fi nous
demeurons dans noftre
propre effort & trauail,
quoy qu'auec le fecours
ordinaire de la grace, elles
s'appelleront acquifes.

DES TROIS PARTIES
de l'Oraison Mentale, ap-
pellée Meditation, & pre-
mierement de la Prepara-
tion.

LA MEDITATION se
diuise ordinairement
en trois parties, à sçauoir
Preparation, Considera-
tion, & Affection. La Preparation est vne disposi-
tion que Dieu demande de
nous pour estre trouués
dignes de nous entretenir
auec sa diuine Majesté. Il

y a trois sortes de prepara-
tions, à sçauoir, Esloignée,
Prochaine, & Immediate.
La preparatió esloignée est
vne attention continuel-
le de l'ame sur toutes les
actions de la iournée: pour
les faire autant fidelle-
ment, & sainctement qu'elle pourra. La prochaine
se pratique par la lecture
qu'on fait du mystere
qu'on veut mediter, de-
uant que s'appliquer à faire
Oraison. La preparation
immediate est celle que
nous allons descrire, &

que

qui contient cinq actes.

Le Premier. Est vn acte de Foy que l'ame produit tout au commencement de son Oraison, pour se rendre Dieu present; ou si vous voulés encore mieux dire, pour se rendre presente à Dieu, en ces termes, ou autres semblables. Mon Dieu, ie crois fermement que vous estes par tout, & qu'ainsi ie me trouue telle-ment en vostre diuine pre-sence, que vous estes plus present à moy, que ie ne suis à moy-mesme, &c.

B

Le 2. Est vn acte d'ado-
ration, par lequel on adore Dieu aussi-tost qu'on se
l'est rendu present par la
Foy , en ceste maniere.
Puis donc mon Souuerain
Seigneur , que vous estes
icy, & que ie me trouue en
vostre diuine presence, ie
vous adore du profond
de mon cœur, vous recon-
noissant pour mon Crea-
teur, mon Redempteur,
mon Roy, mon Dieu, en-
fin mon Tout, &c.

Le 3. Est vn acte d'hu-
milité, par lequel recon-

noiffant d'vn cofté la gran-
deur de Dieu, & noftre
mifere de l'autre, nous
nous humilions deuant
luy : confeffans ingenu-
ment que nous fommes
indignes de nous entrete-
nir auec vne fi haute Ma-
jefté, luy difant tantoft
auec le Publicain, que nous
ne fommes pas dignes de
leuer les yeux au Ciel : tantoft auec l'enfant prodi-
gue, qu'ayant diffipé la
fubftance des graces que fa
bonté nous eflargis, nous
auons perdu le droit que

nous pouuions pretendre
à son amitié. Enfin auec
nostre Pere Seraphique S.
François , Qui estes vous,
mon Dieu , & qui suis je?
Qui estes-vous , dis-je,
souueraine Maiesté , & qui
suis-je chetif vermisseau de
terre? Qui estes-vous, ô le
Sainct des Saincts , & qui
suis-ie miserable pecheur,
pour prendre la hardiesse
de vous aborder auiour-
d'huy, & m'entrenir auec
vous? &c.

Le 4. Est vn acte de con-
formité à la volonté de

Dieu, qui veut que nous
nous approchions de luy
par le moyen de la saincte
Oraison, nonobstant tou-
tes nos miseres. Ce que
nous faisons aussi dans cette veuë: protestant n'y pretendre autre interest que
le pur accomplissement de
sa sainte volonté, soit qu'il
nous y traite auec rigueur
ou douceur: consolation,
ou aridité: receuant le tout
également de sa main pa-
ternelle, sans pourtant
consentir aux distractions,
ou tentations qui nous y

arriueront : ains pluſtoſt
les des-auoüant tout pre-
ſentement , & proteſtant
n'y vouloir conſentir, parce que telle eſt la volonté
de Dieu.

Le 5.   Eſt vn acte de Peti-
tion, par lequel on inuo-
que l'aſſiſtance du S. Eſprit
par les merites de Noſtre
Seigneur I. C. les prieres de
la Sainte Vierge, de noſtre
bon Ange , & generale-
ment de tous les Saints, &
Sainctes nos Patrons, pour
obtenir la grace de faire
bonne Oraiſon.

DE LA CONSIDE-
ration.

LA CONSIDERATION, Meditation, ou Penotration qui se fait, & doit estre ordinairement sur la Vie, Mort, ou Passion de Nostre Seigneur, se peut diuiser en cinq actes.

Le 1. S'appelle substantiel, ou fondamental de toute l'Oraison, par lequel on se represente la substance du sujet, ou si vous voulez le mystere en general

B iiij

qu'on veut méditer. Apres
lequel on décend aux actes
accidentels, c'est à dire, aux
circonstances du mystere,
qui sont les suiuantes.

Le 2. Fera considerer
qui est celuy qui endure:
sçauoir vn Dieu, Crea-
teur du Ciel, & de la Terre , le Roy des Roys,
tout Bon , tout Puissant,
tout Sage, tout Iuste, enfin
la Sainteté par essence, &
l'innocence mesme. Ce
qu'ayant bien penetré,
vous demeurerez dans vn
saint estonnement, pour

considerer commét il s'est
peu faire, que Dieu ait esté
atteint de coups : le Createur du Ciel & de la terre
humilié , le Roy des Roys
bafoüé, le Tout bon mal-
traité, le Tout-puissant lié
de cordes , & attaché en
Croix, &c.

Le 3. Sera considerer qui
sont ceux par qui il endure à sçauoir par ces propres
creatures, ses freres, ses enfans, formez par sa sagesse,
creés par sa puissance, sou-
tenus par sa bonté : & qui
n'auroient pas le pouuoir,

de luy mal-faire, s'il ne les
conseruoit, aussi bien que
les mains des bourreaux, &
les instruments de cruauté,
dont ils se seruent pour
l'affliger le plus humaine-
ment qu'on puisse iamais
penser.

Le 4. Sera considerer qui
est celuy pour qui il endure : à sçauoir pour moy miserable creature, pecheur
abominable, malicieux en
toutes mes actions, rebel à
ses loix, ingrat de ses bien-
faits, infidel dans mes pro-
messes, lasche dans mes re-

folutions, changeant dans mes volontez, perfide dans ma conduite, enfin mécó-hoiffant des graces, que ie reçois iournellement de fa diuine bonté.

Le 5. Confiderer le mo-tif, par lequel il endure: à fçauoir vn motif d'amour pur & defintereffé, qui ne le regarde point, ains 1. la gloire de fon Pere, à qui il fe rend obeyffant iufques à la mort. 2. l'vtilité des hommes, qui deuoient tous eftre damnez, s'il n'euft dóné fon fang pour

les déliurer de l'enfer, 3. le
parfait modele de la vertu,
qu'il nous propose sur la
Croix pour gage de son
amour.

De l'Affection.

APRES la Meditation
suit l'affection , qui
n'est autre chose que le
fruit qu'on doit remporter
de l'Oraison , & qui rem-
ferme aussi cinq actes principaux.

Le 1. Est vn acte de com-
passion , par lequel apres

auoir enuisagé nôtre doux
Sauueur si mal traité de ses
ennemis, nous luy com-
patissons: & d'vn cœur at-
tendry sommes grande-
ment faschez de le voir si
humilié, si affligé, si mes-
prisé, enfin dans vn estat
si pitoyable, & si doulou-
reux.

Le 2. Est vn acte de re-
proche, que l'ame deuote
se fait à soy-mesme, d'auoir
esté l'occasion d'vn si mauuais traitement, causé si
iniustement par ses pechés:
affligé si cruellement par

la main des bourreaux:
supporté si patiemment
par son debonnaire Sau-
ueur. Enfin consideré de
nous auec tant de froideur,
& de negligence.

   Le 3. Est vn acte d'imita-
tiõ, Par lequel l'ame fidelle
s'animant contre soy-mef-
me, fait vne genereuse refolution d'imiter les vertus
du Fils de Dieu, son cher
amour, qu'elle voit reluire
dans le sujet qu'elle a me-
dité: comme sa patience,
son humilié, son obeissan-
ce, sa pauureté, sa charité,

son silence, le mespris de
soy-mesme, &c.

Le 4. Est vn acte de peti-
tion, par lequel apres auoir
recogneu que nous auons
fait beaucoup de resolu-
tions par le passé sans iamais en venir aux effets:
& ainsi nous deffians de
nous-mesmes, demandons
humblement la grace à
Nostre Seigneur de le pouuoir imiter dans la pratique des sainctes vertus, &
ce par le merite de son sang
precieux, de la Saincte
Vierge nostre Aduocate,

comme aussi de tous les Saints, &c.

Le 5. Est vne priere feruente qu'on doit faire pour toutes les necessitez de l'Eglise, de l'Estat, de la Religion, de nos parents, amis, ennemis, viuans, & trépassez : Enfin pour tous ceux qui se sont recommandez à nos prieres, & pour qui nous sommes obligez de prier.

REGLES GENERA-
les pour la Preparation.

I.

PREMIERE Regle. L'acte de Foy ne doit pas estre produit en passant, ains serieusement auec attention, & vne connoissance tres-viue-que Dieu nous est present. Ce qui seruira grandement pour recueillir nos pensées.

C

II.

L'acte d'humilité par lequel nous connoiſſons nos miſeres, ne doit pas nous deſcourager de nous approcher de Dieu : ains au contraire, nous animer de recourir dautant plus à ſon infinie bonté, que nous en auons plus de beſoin : comme le malade qui recourt au Medecin, pour ſa gueriſon : le pauure au riche, pour le ſoulagement de ſa miſere : & l'ignorant au docte, pour eſtre enſeigné de luy.

III.

Si Dieu vous donne à
l'Oraiſon vne telle con‐
noiſſance particuliere de
vos miſeres, & indignitez,
que vous en ſoyés touché,
& tout recueilly, ne ſortez
point de cette penſée tant
que durera ce recueille‐
ment: parce que ce ſera vn
moyen tres-efficace pour
connoiſtre Dieu d'vne ma‐
niere tres-haute, & dont
vous retirerez vn tres grãd
profit pour aduancer en la
vertu.

IV.

Ne vous imaginez pas
que la bonne Oraison ſoit
celle dans laquelle vous aurez eſté le plus recolligé, &
reſſenty de plus grandes
douceurs : ains celle-là en
laquelle vous aurez appor-
té plus de fidelité, pour la
bien faire, & plus de reſi-
gnation à la volonté de
Dieu, en quelque maniere
qu'il vous y traité, pouruueû
qu'il n'y ait point de voſtre
faute actuelle : enfin celle
de laquelle vous ſortirez
plus humilié, & mortifié.

V.

Reconnoiſſez pour le repos de voſtre eſprit que lesdiſtractions, ou ariditez de l'Oraiſon peuuent naiſtre de ſix principes. Le 1. Pour ne s'eſtre pas bien preparé par la lecture. Le 2. pour s'eſtre trop extrouerty dans les occupations de la iournée. Le 3 pour auoir commis des infidelitez volontaires ſoit mortelles, ou venielles, qui de ſoy interdiſent la familiarité de Dieu. Le 4. quelque infirmité corporelle, comme

trop de chaleur , trop de
chaud, de faim ; assoupisse-
ment, douleur aiguë, las-
situde de corps, ou d'esprit.
Le 5. vn esprit scrupuleux,
qui s'inquiete de tout, ou
qui pour sa foiblesse n'est
pas capable de mediter.
Le 6. La diuine Prouiden-
ce elle - mesme qui veut
quelquefois exercer l'ame
dans la pratique de l'hu-
milité , ou esprouuer sa
fidelité : Ores le remede
general à toutes ces peines
d'esprit, est se resigner à la
volonté de Dieu. Car si el-

les viennent de Dieu im-
mediatement, c'est sa vo-
lonté sans doute que nous
les supportions : Mais si
elles procedent de nous,
pour y auoir donné occa-
sion ; faut estre marry de
l'occasion donnée, à cause
de l'offence commise con-
tre Dieu ; mais pourtant se
conformer tranquilement
à sa diuine volonté dans le
chastiment present : puis
qu'il nous enuoye cette
aridité pour punition de
nostre faute. Mais si vous
voulez remedier facilemē

à la plus part de vos distractions dans leur principe:
retirez voftre cœur de fes
defirs fuperflus, & de l'attache qu'il a aux creatures
en quelque maniere que ce
foit, mefme fous couleur
de bien, pour ne vouloir
que Dieu feul, & à fa fainte
volonté : car c'eft vne experience trop connuë, que
l'efprit fuit ordinairement
le cœur, & que l'on penfe
tres facilement, & mefme
prefque par contrainte,
bien fouuent à ce que l'on
ayme beaucoup. Et fi vous

ne suiuez cét aduis, sçachez
que ce sera en vain que
vous combatterez les di-
stractions par des actes &
des desadueux imparfaits,
cependant que vostre cœur
dans son fond y est en-
tierement attaché.

REGLES GENERA-
les pour la Consideration.

I.

IL ne faut pas estre cu-
rieux dans ses pensées:
ains s'entretenir auec nôtre Seigneur le plus sim-

plement, & candidement
qu'on pourra, sans aucun
bandement de teste.

II.

On doit, autant qu'on
pourra, addresser tous ses
entretiens à Dieu, comme
present, & non comme
absent : sans aller le recher-
cher à Ierusalem, sur le
Caluaire, au Ciel, ou en
d'autres lieux, puis qu'il
nous est present tres-inti-
mement partout, à raison
de son immensité, & en-
core d'vne façon toute

particuliere au tres S. Sa-
crement de l'Autel.

III.

On ne doit point faire
de difficulté de s'arrester
fur quelque point que ce
foit de la Meditation, fi on
s'y fent touché ; & que ce
touchement caufe vn re-
cueillement notable en l'a-
me : car alors il faut laiffer
tous les autres points, & le
refte de fa matiere ; pour
s'entretenir feulemét mefme tout le long de l'Oraifon fur celuy qui occupe
puiffamment les puiffances

de l'ame, d'autant que la
bonne Oraison tend à sim-
plifier nostre esprit, & vnir
nostre volonté à Dieu par
amour: car comme dit l'A-
postre, Celuy qui adhere à
Dieu deuient vn mesme es-
prit auec luy. Ny mesme ne
deuez point craindre non
plus de transposer l'ordre,
& les points susdits, soit de
la preparation, consideration, ou affection; qui ne
sont distribuez ainsi par
articles, que pour soulager
nostre esprit; & dont nous
deuons quitter l'ordre, &

la ſuite, quand le ſaint Eſprit nous en fait prendre
vne autre , ce que nous
pourrons reconnoiſtre par
la grande facilité que nous
trouuerons à mediter ſe-
lon l'ordre que Dieu deſire
preſentement de nous :
& par l'extréme difficul-
té que nous reſſentirons à
vouloir pourſuiure celuy
qui eſt icy preſcrit.

IV.

Vous ne deuez point
laiſſer aller voſtre eſprit à
d'autres penſées, qu'à celles
qui ſont ſur voſtre ſubiet :

si ce n'estoit que par la lumiere, la touche, & le re-
cueillement extraordinai-
re qu'elles causeroient en
vostre ame, vous eussiez
subjet de croire, qu'elles
viennent de Dieu: Ce qui
s'appelle Operation diuine
en nous:& à laquelle la nôtre, qui n'est qu'humaine,
doit ceder.

V.

Accoustumez-vous de
mediter beaucoup plus d'v-
ne maniere affectiue, que
par simple discours : plus
aussi par la foy nuë, que par

la repreſentation ſenſible
des obiets dans l'imagi-
nation : ſi pourtant ils ſe
repreſentent d'eux - meſ-
mes , & ſans peine , ne les
rejettez pas , car ils vous
ſeruiront pour tenir voſtre
eſprit recolligé.

REGLES GENERA-
les pour l'Affection.

I.

S'Il vous vient en pen-
ſée de produire de
ſaintes reſolutions, ou affections, au premier, ſecond,

ou troisiéme point de vô-
tre meditation : bref en
quelque endroit que ce soit
de vostre Oraison, & que
vous y soyez excité, ne les
differez point, parce que
les remettant à la fin de
l'Oraison, vostre ferueur
viendroit à se rallentir.

II.

Ne faites point de vio-
lence à vostre cœur pour
l'exciter à vne compassion
excessiue : ains portez le
doucemét à compatir aux
cruelles peines que le diuin
Iesus endure pour vostre
amour.   Que

III.

Que vos resolutions par-
tent pluſtoſt d'vne volonté genereuſe , & deſireuſe
de bien viure , que d'vne
affection purement ſenſi-
ble : parce que toute reſolution qui prend ſon ori-
gine de la raiſon eſt bien
plus de durée; que ce qui eſt
produit par le ſimple ſen-
timent.

IV.

Aprés toutes vos faueurs,
& bonnes reſolutions pri-
ſes, défiez-vous extréme-
ment de vous meſme: eſpe-

D

rant dauantage de la grace
de Dieu, qu'en la conduite
de voſtre eſprit, l'effort de
vos propres actes , & l'in-
duſtrie de vos penſées.

V.

Il faut outre les reſolu-
tions generales de fuir le
vice, & d'embraſſer la vertu, prendre à tache vne vertu en particulier quelque
petit eſpace de temps, cõ-
me d'vne ſemaine entiere,
en y faiſant aboutir toutes
vos Oraiſons, & pratiques
de la iournée.

CE Q'VON DOIT
faire hors de l'Oraison.

I.

GARDEZ soigneuse-ment hors de l'Orai-son dans les emploix de la iournée, l'esprit de recolle-ction, que vous y aurez acquis : Et ainsi quoy que vous quittiez le lieu de l'Oraison, vous n'en per-drez pas neantmoins l'e-xercice.

II.

Ruminez souuent dans

la iournée les bons sentimens que Dieu vous aura
donné en l'Oraison : Exa-
minát si vous estes fidele à
la pratique des bonnes resolutions que vous y aurez
prises.

III.

Tenez tousiours vostre
esprit esleué à Dieu autant
que vous pourrez dans les
occupations iournalieres
par de sainctes aspirations,
ou Oraisons jaculatoires.
Ce sera le moyen de faire
l'Oraison continuelle, que
Nostre Seigneur nous re-

commande dans son saint Euangile, quand il nous dit, Qu'il faut tousiours prier, & ne iamais discontinuer.

IV.

Ayez vne haute estime & vne sainte faim de l'Oraison mentale, & plustost quittez le boire & le manger, que de manquer à la faire deux fois le iour. Mais si vous voulez estre parfait, occupez vous y dauantage, puis que c'est vne maxime tres veritable, & communément reçeuë dans la vie

spirituelle , que celuy-là
sera d'autant meilleur deuant Dieu , qui fera plus
d'Oraison , & aura plus de
desir de s'entretenir auec sa
diuine Majesté.

V.

Ne perdez point coura-
ge pour les difficultez qui
s'y presenteront. Car si
vous perseuerez auec fer-
ueur, vous obtiendrez en-
fin le don d'Oraison, qui
est le moyen le plus effica-
ce que nous ayons pour at-
tirer les graces du Ciel.

INTRODVCTION
A LA VIE
ACTIVE.

DE LA NECESSITE',
& de l'excellence de l'exercice
de la volonté de Dieu.

OMME il eſt im-
poſſible de ſe ren-
dre habile dans vn
Art, ſi on n'en ſuit les regles: auſſi ne peut-on aduancer ſelon la voye ordi-

naire, dans le chemin de la
perfection , fans auoir vn
exercice, qui nous y con-
duife : & qui nous ferue
tout enfemble de lumiere
pour connoiftre le bien, de
motif pour nous exciter à
le vouloir de force pour le
faire, d'obiet pour y tendre, & de fin vniuerfelle,
à laquelle fe puiffe reduire
toutes les actions de la vie,
comme à vne parfaite v-
nité, qui empefche que
l'homme ne multiplie, ou
partage les affections de
fon ame, felon les differéts

suiets qui se rencontrent:
afin qu'estant ainsi toû-
jours reünie, & recueillie
dans la poursuite conti-
nuelle d'vne seule fin, elle
deuienne plus attentiue, &
plus vigoureuse pour y
paruenir. Et c'est ce qui se
rencontre excellemment
dans l'exercice de la volôté
de Dieu, qui consiste dans
ce seul point: DE FAIRE
CE QV'ON RECONNOIST
QVE DIEV VEVT, ET PARCE
QV'IL LE VEVT.

La Perfection d'vn exer-
cice se remarque d'autant

plus grande, qu'il purge
l'ame, l'esclaire, & l'vnit
dauantage à Dieu son sou-
uerain bien, & sa derniere
fin ; d'où nous pouuons
inferer que l'exercice de la
volonté de Dieu est plus
parfait qu'aucun autre,
puisque luy seul, à l'exclu-
sion de tous opere excel-
lemment ces trois effets en
l'ame, qui le pratique fidellement. Il purge, parce qu'il
détruit la propre volonté,
laquelle seule est le principe du peché, & par conse-
quent de toutes les taches,

qu'il cauſe en nous : & y
eſtablit à la place l'obſer-
uanee des Cõmandements
de Dieu, & ſa ſainte grace
en ſuite, dans laquelle vni-
quement, comme dans ſon
origine conſiſte toute la
beauté de l'ame. Il eſclaire,
parce qu'il diſpoſe l'ame à
receuoir les illuſtrations
diuines, apres l'auoir pur-
gée des ordures de ſes im-
perfeȼtions : comme vn
miroir ſans tache reçoit,
& reflechit d'autant plus
nettement les eſpeces, qui
luy ſont enuoyées, qu'il eſt

plus clair , & mieux poly.
Enfin il vnit parfaitement
l'ame à Dieu quand des
deux volontez diuine , &
humaine , il ne s'en fait
qu'vne, par vne vnion ad-
mirable de grace, d'amour,
& depresence, qui passe en
dignité celle de toutes les
autres puissances de l'ame.

    Quoy que tous les exer-
cices de deuotion soient
parfaits , & conduisent à
Dieu. Nous pouuõs neant-
moins asseurer que celuy-
cy est le plus parfait de tous
pour trois raisons. La 1.

Parce qu'eſtant tres raiſon-
nable, tres-ſeure, & tres-
abbregé, il conduit l'ame à
Dieu ſans crainte de trom-
perie, en peu de temps,
& dans vne entiere ſatis-
faction d'eſprit, qui trouue n'y auoir rien de plus
conforme à la raiſon, que
de ſe ſoûmettre à la volonté de ſon Dieu. La 2. Parce
que cét exercice comprend
eminemment tous les au-
tres, puiſque faire la volonté de Dieu à la deſtruction
de la ſienne propre, eſt le
plus haut point de l'exer-

cice de la mortification :
l'acte le plus pur, & le plus
parfait du diuin Amour ;
la plus noble maniere de la
presence de Dieu qui soit,
& d'autant plus souhaita-
ble, qu'elle est fondée en
l'obseruance de ses diuins
Commandements.   La 3.
Parce qu'il a esté le particulier exercice du Fils de
Dieu sur terre, témoignant
luy-mesme n'estre venu
que pour ce suiet au mon-
de, *Descendi de cœlo, non ut
faciam voluntatem meam, sed
voluntatem eius qui misit me.*

Et comme il n'eſt deſcen-
du que pour cela, auſſi ne
s'eſt-il occupé à autre cho-
ſe toute ſa vie, ſinon d'ac-
complir les volontez de
Dieu ſon Pere, qui ſer-
uoient d'aliment & de ſoû-
tien à ſon ame, plus que le
pain materiel de nouriture
au corps, ainſi qu'il voulut
ſignifier par ces paroles,
Meus cibus eſt, vt faciam vo-
luntatem eius qui miſit me, vt
perficiam opus eius.

DISPOSITIONS NE-
ceſſaires pour profiter dans
cét Exercice.

I. DISPOSITION.

IE trouue trois diſpoſi-
tions abſolument ne-
ceſſaires de nôtre part pour
bien reüſſir dans ce ſainct
exercice. La 1. Connoiſtre
qu'elle eſt la volonté de
Dieu que nous deuõs faire.
La 2. Deſirer efficacement
de la mettre en pratique.
La 3. La demander à Dieu

auec

auec grande inftance.
Quand à la 1. Vous deuez
remarquer deux fortes de
volontez de Dieu, dont
l'vne eft ESSENTIELLE,
indépendante, abfoluë, la
caufe vniuerfelle de toutes
chofes, & enfin Dieu mef-
me. L'autre eft ACCIDEN-
TELLE, dépendante, hors
de Dieu, fa creature, & fon
effet. Ores la volonté effen-
tielle qui eft Dieu mefme
ne fe fait pas, ains eft re-
connuë, adorée, & obeïe
de fes creatures : mais bien
la volonté accidentelle, qui

E

est hors de Dieu, doit estre
faite par nous, selon l'ordre
qu'il nous en donne, de
sorte que la volonté de
Dieu exterieure, & l'œu-
ure qui nous est comman-
dé, ne sont qu'vne mesme
chose.

Neantmoins pour ne
pas separer Dieu de son
œuure, ou si vous voulez
les deux volontez de Dieu,
Essentielle, & Accidentelle
l'vne de l'autre, quoy qu'es-
sentiellement differentes
en elles-mesmes : Nous les
deuos joindre routes deux

ensemble parvne saint arti-
fice dans toutes nos actiõs,
pour les rendre parfaites :
faisant l'œuure qui nous
est commandé ; ou bien
(ce qui est la mesme chose)
la volonté accidentelle de
Dieu, pour l'amour de la
volonté Essentielle, qui est
Dieu mesme : la volonté
Accidentelle entant que
commandée, faite, ou à
faire, nous seruant de regle, de merite, ou d'objet:
& l'essentielle de motif,
d'aide, & de fin.

Nous deuons consulter

trois Oracles, pour appren-
dre les volontez diuines
sur terre, à sçauoir, la Foy,
les Superieurs, & la raison,
mais chacun dans son or-
dre, & la subordination
que Dieu y a establie. C'est
donc vne regle infaillible
que tout ce que l'Eglise
nous propose pour article
de Foy, afin d'estre creu,
ou executé, nous le deuons
croire, & faire, comme
estant l'infaillible volonté
de Dieu. On peut encore
reduire à ce principe les
reuelations que Dieu fait

quelquesfois à ses amis :
aussi bien que les sainctes
inspirations , qu'il nous
donne tous les iours de faire quelque bonne œuure :
mais dont la verité doit
estre examinée par les regles de la Foy, de l'obeïssance, de la science, & de la
raison, crainte de s'exposer
à tomber dans l'erreur.

Le second Oracle que
nous deuons consulter au
deffaut des lumieres de la
Foy , est celuy des Supe-
rieurs que Dieu a establiy
au monde pour nous com-

mander en fa place: Et par
confequent deuons croire
fermement que tout ce
qu'ils nous ordōnent dans
l'ordre de leur pouuoir,
comme non contraire aux
loix diuines, doit eftre
accomply fidellement de
nous, de mefme que fi Dieu
nous le commandoit luy-
mefme de fa propre bou-
che.

Le troifiéme Oracle n'eft
autre que la raifon, qui
nous a efté donnée de Dieu
comme vne belle lumiere,
pour nous efclairer dans

les voyes de la vertu, & de
noftre deuoir. De forte que
toutes & quantesfois qu'il
fe prefente vne occafion
d'agir, pour laquelle vous
ne connoiffez point de regle particuliere ordonnée
de Dieu, ou des Superieurs
qui vous détermine: & que
d'ailleurs vous ne pouuez
pas recourir à eux, pour
eftre efclaircy de ce que
vous deuez faire : alors
confultez voftre confcience auec bonne intention,
& indifference : & puis tenez pour certain que ce

qu'elle vous dictera de faire, sera bien asseurément la volonté de Dieu.

REGLES INFAILLI-
bles pour reconnoistre la
volonté de Dieu operée.

SI nous apprenons des Oracles de la Foy, de l'obeïssance, & de la raison les volontez diuines que nous deuons faire : aussi pouuons nous reconnoistre celles qui sont faites, accomplies, & terminées par les regles suiuantes.

PREMIERE REGLE. Dieu
estant le Createur de tout
ce qui est au monde, il doit
estre reconnu par conse-
quent pour l'Autheur de
tous les maux de peine que
nous y ressentons, selon
cette sentence du Prophe-
te, *Non est malum in ciuitate,*
quod non fecerit Dominus:
aussi bien que de tous les
biens de nature, de grace,
& de gloire, que nous y
goustons, ainsi que le tes-
moigne l'Apostre par ces
mots, *Omne datum optimum,*
& omne donum perfectum,

desursum est, descendens à Pa-
tre luminum.

2. REGLE. Tous les
effets mesme de nos pe-
chez particuliers, comme
maladies, guerres, perse-
cutions, enuie qu'on nous
porte, aueuglement, igno-
rance, foiblesse, & vniuer-
sellement tous les maux
particuliers qui nous arri-
uent, quoy que nous y a-
yons donné occasion par
nos dereglemens, viennent
neantmoins immediate-
ment de la seule volon-
té de Dieu, en qualité de

chaſtimens tres-iuſtement
infligez, comme le peché
a procedé immediatement
de noſtre mauuaiſe volon-
té, en ſe retirant tres-in-
iuſtement de l'obeiſſance
qu'elle deuoit à celle de
Dieu.

3. REGLE. L'eſtat au-
quel ſe retrouue nôtre ame
meſme ſelon la grace, ſoit
de pauureté ou d'abondá-
ce, de recollection ou de
diſtraction, d'eleuation ou
d'abaiſſement en la vertu,
eſt vn eſtat que Dieu veut,
& auquel vous deuez vous

conformer paifiblement:
faifant neantmoins de vô-
tre cofté ce que vous pourrez, pour vous rendre plus
vertueux, acquerir plus de
grace, & luy plaire d'auan-
tage. Car encore bien que
Dieu veüille voftre humi-
liation pour punition de
vos fautes : il ne veut pas
neantmoins voftre negli-
gence, ny voftre peché qui
en eft la caufe : mais au
contraindre fa volonté eft
que vous vous efforciez
de correfpondre à fa grace
qui ne manque iamais.

Somme des trois regles,
ostez-le peché que Dieu ne
veut point selon le Pro-
phete, *Quoniam non Deus*
violens iniquitatem tu es : &
qu'il ne peut vouloit selon
son Essence, en qualité de
bonté infinie, il veut tout
le reste qui est, & se fait au
monde.

SECONDE ET TROI-
siéme disposition, pour pro-
fiter en cét Exercice.

LA 2. disposition de-
mande qu'apres auoit

conneu clairement la vo-
lonté de Dieu faite, ou à
faire, vous desiriez vous y
foubs-mettre genereufe-
ment nonobftant toutes
les contradictions, foit ex-
terieures du cofté des creatures, ou interieures de la
part de la nature corrom-
puë. Mais comme voftre
propre volonté ne man-
quera pas de s'efforcer toûjours de r'entrer dans fes
droits au mépris de celle de
Dieu, & de la fidelité pro-
mife: renouuelez fouuent
l'offre que vous en auez fait

à sa diuine Majesté, luy
disant d'vn grand courage;
Mon Dieu ie vous consa-
cre ma volonté, mon cher
Seigneur ie ne veux plus
faire au monde que la vô-
tre toute saincte & parfaite iusques à la mort mes-
me de la Croix, s'il est necessaire à vostre imitation.
Et pour fomenter dauan-
tage ces saints desirs, faites
les reuiure tous les iours
en vôtre Oraison Mentale.
Comme aussi examinez
souuent vostre conscience
pour connoistre de quelle

maniere vous vous y comportez. En vn mot, sçachez que de vostre part , vous pratiquerez autant fidellement l'exercice de la volonté de Dieu , que vous la desirerez pratiquer, & que vous direz souuent auec Dauid plus de cœur que de bouche , *In capite libri scriptum est deme , vt facerem voluntatem tuam Deus meus volui , & legem tuam in medio cordis mei.*

RESTE la 3. disposition , qui consiste en ce que reconnoissant par vne

longue

longue experience : & à
voſtre grand dommage,
l'extréme foibleſſe de vôtre volonté, qui promet
beaucoup, & tient peu,
vous demandiez inceſſam-
ment à Dieu en toutes vos
prieres, la grace de ne iamais rien faire contre ſa
ſainte volonté ; ains de
l'accepter touſiours, vous
y ſous-mettre en tout téps,
en tout lieu, à la vie, & à la
mort. Et quand vous vous
apperceurez d'auoir ou-
blié de mettre en pratique
ce ſainct exercice, ou meſ-

me d'auoir fait quelque
chofe contre la volonté de
Dieu , nonobſtant toutes
vos bonnes refolutions
demandez - luy en pardon
auſſi-toſt auec douleur du
paſſé , & refolution de
mieux faire à l'auenir: puis
retournez humblement à
fon feruice auec paix &
tranquillité , fans aucune
inquietude , renouuellez
derechef vos bonnes refo-
lutions, & luy dites en grá-
de confiance & deuotion,
auec le meſme Prophete,
Doce me facere voluntatem

tuam, quia Deus meus es
tu.

PRATIQVE GENE-
rale de cette exercice, qui
explique les trois Estats du
la volonté de Dieu, & de
l'ame qui y profite.

SAINCT Paul nous
enseigne cette diuine
pratique en l'Epistre aux
Romains, où il exhorte les
fidels de s'exercer dans tous
les Estats de la volonté de
Dieu, IVSTE, DE BON

PLAISIR, ET PARFAITE,
Vt probetis, dit-il, *quæ sit*
voluntas Dei bona, & be-
neplacens & perfecta. La
pratique de la volonté de
Dieu, que l'Apostre ap-
pelle Iuste, sert dans la vie
Actiue, pour nous faire
passer de l'estat du peché à
celuy de la grace, par laquelle seule nous deuenons
formellement iustes: com-
me aussi pour apres auoir
purgé nostre ame de ses
vices, au moins les plus
notables, la mettre en
possession de toutes les

vertus. La pratique de la
volōté de bon plaifir nous
rend agreable à Dieu, par
l'exercice de fon fainct
amour, qui appartient à cét
Eftat. Et la troifiéme parfaits, par l'habitude formé,
du premier & fecond Eftat,
qui confifte à s'exercer dás
la pratique des vertus, & de
l'amour de Dieu, non par
interualle , & par reprife
comme auparauant , ains
feruemment, continuelle-
ment & fans aucune inter-
ruption, autant que le peut
permettre la fragilité de

l'homme, & selon le pro-
grez que chacun aura fait
en la vertu.

PREMIER   ESTAT
de la volonté de Dieu, &
de l'ame qui s'y exerce.

QVICÓNQVE voudra
donc s'addonner à ce
sainct exercice, doit pre-
mierement s'appliquer à
faire reflexion sur chacune
de ses actions en particulier, pour reconnoistre si
elle est conforme à la volonté de Dieu : & puis

s'eſtant apperceu, qu'oüy,
par les regles données cy-
deſſus, il la doit rapporter
à ſa diuine Majeſté par cét
Acte, ou autre ſemblable,
Mon Seigneur & mon
Dieu, ie m'en vais faire
cette action, moyennant
voſtre ſainte grace vnique-
mét, parce que vous le voulez, me le commandez, &
que c'eſt vôtre bon plaiſir.

Ores prenez garde que
toutes l'attention de l'ame
dans ce commancement
doit eſtre à bien purger ſes
mauuaiſes intentions, les

recherches de la nature,
l'inclination des sens , le
mouuement dereglé des
pastions, l'amitié des hommes , ses propres interests,
enfin quelque attache que
ce soit , & à qui que ce soit,
qui n'est pas Dieu , ou ne
se rapporte pas à Dieu : Et
tout cela afin de détruire
par ce moyen tant qu'elle
pourra sa propre volóté, &
l'amour desordóné de soy-
mesme, qui sont les deux
sources de tous ces vices, &
les deux principaux obsta-
cles qui l'empeschent de

profiter en la vertu.

Mais pour bien reüſſir dans ce deſſein, faites en ſorte que la volonté de Dieu que vous accompliſ-ſez ſoit accompagnée de trois perfections ſuiuantes.

1. Que vos actions ſoient faites DE BON COEVR, & auec agréement de la part de voſtre volonté, pour dé-truire les repugnances & contradictiõs de la nature, qui font ſouuent perdre tout le merite quand on y conſent : puiſque ce n'eſt pas tant l'action que Dieu

demande de nous, comme
le cœur, & la bonne vo-
lonté.

2. Perfection, qu'elles
soient faites auec FER-
VEVR, & selon toute l'e-
tenduë de vos forces pour
bannir la negligence, & la
lascheté que les puissances
pourroient apporter en
faisant l'œuure comman-
dé. Car autrement vous
n'aduancerez iamais à la
vertu, & au saint Amour,
qui ne se donne qu'aux
Feruens. Et de plus vous
vous exposez non seule-

ment de receuoir bien peu
de recompence de vos bô-
nes actions qui sont faites
auec laschete, mais peut-
estre d'encourir encore la
malediction que Dieu ful-
mine contre ceux qui font
fon œuure negligemment.

3. Perfection, agiffez
toufiours auec vne TRES
PVRE INTENTION,
pour plaire à Dieu vnique-
ment, comme celuy que
estant la perfection & le
fouuerain bien de l'hom-
me, en doit estre auffi par-
confequent la fin; à l'ex-

clufion de creatures telles
quelles foient ; & mefme
de vos propres interefts
que vous ne deuez confi-
derer qu'autant qu'ils font
vnis à ceux de Dieu, & non
plus.

SECOND ESTAT
de la volonté de Dieu.

APRES que vous vous
ferez exercé fidelle-
ment vn temps raifonna-
ble dans la vie Actiue à la
faueur de la volonté de
Dieu en qualité de Iufte,

destruisant vos vices par
l'establissement des vertus
contraires : vous serez tout
estonné que vous sentirez
vostre ame preuenuë des
diuines lumieres , & ex-
citée par les mouuemens
du S. Esprit de passer dans
la pratique du second Estat
de la mesme diuine volon-
té, qui consiste à n'agir que
pour plaire à Dieu : ou si
vous voulez par le seul motif de son bon plaisir, & de
son Amour. De sorte que
si les vertus dans l'Estat
precedát vous ont seruy en

quelque façon d'objet
prochain où vous tendiez,
& pour lequel vous tra-
uailliez dans celuy-cy, fup-
pofant que vous les auez
acquifes auec quelque ad-
uantage, vous vous en fer-
uez comme de principe, &
de fondement, pour efle-
uer dans voftre ame le noble edifice de la charité,
n'agiffant plus qu'en l'a-
mour, & pour l'amour:
Dieu entant que fouue-
rainement aimable deue-
nant luy mefme immedia-
tement le cher objet de

voſtre cœur, pour tendre à
luy ſans relaſche, & l'aimer
par deſſus routes choſes, a-
pres auoir cõneu combien
il merite d'eſtre aimé.

Dans cét Eſtat, qui n'eſt
autre que la vie illuminati-
ue, l'ame deuient lumi-
neuſe, connoiſſant par
des eſpeces plus vniuer-
ſelles, & partant plus parfaites, les volontez diuines
qu'elle doit faire, la beauté
de la vertu, la force du diuin Amour, ſon impor-
tance, les moyens de l'obtenir, les tromperies du

monde, les rufes du Dia-
ble, les recherches de la
nature, les fecrets de fa
confcience, les myfteres de
la foy, & fur tout combien
Dieu fon cher amour eft
fouuerainement aimable.

Toutes ces belles lumie-
resiointes aux fuauitez qui
les accompagnent, don-
nent l'entréeà l'ame dás la
vie Myftique, qu'on peut
décrire, l'accompliffement
des diuines volontez auec
amour, clarté, penetration,
manifeftatiõ, admiration,
ioye, gouft, feruecur, efle-
uation.

uation, presence, humiliation, familiarité, paix, repos.
De sorte que la volonté de
Dieu accomplie doit estre la
baze de toute la vie Mystique, selon ces paroles de nôtre Seigneur. *Si quis diligit me,
sermonem meum seruabit, & Pa-
ter meus diligit eum, & ad eum
veniemus, & mansionem apud
eum faciemus.*

TROISIESME ESTAT
de la volonté de Dieu.

COMME la lumiere du mi-
dy n'est autre que celle
de l'aurore, renduë plus par-

G

faite par de nouueaux degrez
plus intenses: aussi la volonté
de Dieu que l'Apostre appelle
Parfaite, suit des deux prece-
dentes, dont celle cy est la
consommatió aussi bien que
de l'amé qui s'y exerce. Cét
Estat cósiste dans l'habitude
formé, & bien estably de toutes les vertus Morales, & singulierement des Theologa-
les, Foy, Esperance, Charité;
auec tous les effets qui en dé-
pendent, comme sont les sept
Dons, & les fruits du S. Esprit,
auec les huit Beatitudes qui
renferment eminémentous

ces Actes particuliers, que
nous auons specifiez cy-des-
sus dans la description de la
vie Mystique.

Cette habitude donne vne
telle facilité à l'ame de n'agir
qu'en Dieu, & pour Dieu,
qu'elle ne trouue presque plus
de difficulté à toutes les mor-
tifications, penitences, humi-
liations, confusions, injures,
bref à tout ce qu'on luy fait,
ou qu'elle doit faire pour plaire à Dieu son vnique amour;
apres auoir presque esteint
tous les mouuements de sa
propre volonté, qui estoient

la cauſe de toutes les contradictions qu'elle reſſentoit auparauant.

Comme l'ame eſt touſiours
par cét eſtat habituellement
en Dieu, elle ne peut, ny doit
plus faire toutes ces reflectiõs
importunes, quoy que d'ailleurs neceſſaires dãs les Eſtats
precedents, pour reconnoiſtre ſi elle agit de bonne volonté, auec ferueur & bonne
intention ; parce qu'elle ſe
porte auec vn grand amour,
& d'vn pas touſiours eſgal à
faire les volontez de Dieu ſon
bien-aymé, auſſi bien en ad-

uersité, qu'en prosperité, par
vne certaine pente qui luy est
deuenuë aussi facile à la faueur de la grace, de s'esseuer à
Dieu par amour au dessus des
sentimens de la nature, côme
à la pierre de tendre en bas.

Dans cét heureux Estat, à
qui les Mystiques donnent le
nom d'Vnion, parce que les
Actes y sont tres simples, &
comme tous reduits au seul
Amour en parfaite vnité auec
son objet; l'ame a la satis-fa-
ction de voir (sans neatmoins
s'en estimer dauantage) que sa
volonté s'estant du tout sou-

G iij

mise à celle de Dieu : Dieu
auſſi en recompenſe luy aſſu-
jetit toutes ſes puiſſances ſpi-
rituelles, ſes facultez corpo-
relles, ſes appetits, ſes paſſions,
enfin tous ſes ſens, tant ex-
terieurs, qu'interieurs, pour
eſtre regis ſelon les ordres de
la raiſon, & la grace, auec vn
calme qui paſſe tout ce qu'en
peuuent conceuoir ceux qui
ne l'ont pas experimenté.

De plus, comme cét Eſtat
eſt ſi bien eſtably en l'Amour
diuin, qu'il eſt pluſtoſt l'œuure de Dieu que de la creature, l'ame doit s'abandonner

entierement à sa saincte conduite , pourfuiure tous les
mouuemens de la grace, puifque sa haute Majesté prend
vn soin particulier de tout ce
qui la regarde: delaiffant ainfi
tous fes efforts , induftries,
attaches , proprietez quoy
qu'en chofes bonnes , pour
acquiefcer tres-nuëment aux
volontez de Dieu recôneuës:
& au deffein qu'il a de la rendre toûjours plus parfaite par
toutes les chofes que fa Pro-
uidence permet luy arriuer à
tout moment.

Mais puifque nous auons

G iiij

tousiours sujet de nous défier
de nous-mesmes , tant que
nous sommes en cette vallée
de larmes : & que celuy qui se
tient asseuré est bien prés de
tomber : l'ame a encore icy
besoin de veiller sur ses actiõs
par vne veuë cõtinuelle, mais
tres-simple, tres-aiguë & con-
fuse, sans image, ny effort, qui
retire de l'attention de Dieu,
à ce que sa propre volonté ne
viéne à troubler cette subordination de ses puissances à la
raison , & de la raison à Dieu,
par des recherches interessées,
qui sont d'autant plus dange-

reuses, qu'elles sont plus secrettes.

PRATIQVE DE LA VOLONTÉ
de Dieu dans les actions particu-
lieres de la iournée.

I.

NE manquez pas tous
les matins d'offrir à
Dieu vostre volonté d'vn
grand cœur: protestant à sa
diuine Majesté que vous ne
voulez rien faire, ny dire,
ny penser toute vostre vie,
& particulierement ce iour-
là, qui ne soit conforme
à la sienne. Et puis dans la

iournée , souuenez-vous de renouueller souuent cette bonne resolution que ie tiens estre le principal fondement de cét exercice.

II.

Quand il se presentera vne occasion difficile de pratiquer la vertu, où vous sentirez beaucoup de repugnance : alors détournez aussi-tost voftre véuë de cét obiet fâcheux, aussi bien que de la personne qui vous fait souffrir, pour s'elleuer à Dieu, & considerer d'vn regard tres vif, tres ferme, & tres asseuré, que ce qui vous arriue dans cette occasion particulière, est la tres expresse volonté de Dieu, mais volonté sainte, iuste, raisonnable, qui veut absolument que vous soyez traité de la sorte. Cette pensée genereuse appaisera en vn instant vos passions qui se sousleuent, & dissipera les ressentimens de la nature, qui ne veut rien souffrir, apres auoir bien penetré comme Dieu est la cause premiere de vos souffrances. Et remarquez que si vous ne vous retranchez dans ce principe, comme dans vn fort inexpu-

gnable, vous n'obtiendrez iamais la paix de vostre ame, qui
n'est promise en terre qu'aux
hommes de bonne volonté,
c'est à dire qui se conforment
à celle de Dieu, selon ces paroles, *& in terra pax hominibus*
bonæ voluntatis. III.

Comme l'amour propre est
le principe de nos mal-heurs,
& la propre volonté, la cause
des rebelliôs que nous ressentons dás la pratique de la vertu: si vous estes continuellement attentif sur vous mesme pour destruire l'vn & l'autre à l'aide de l'exercice de la

volonté de Dieu , vous vous
déliurerez de toutes ces repugnances , en coupant la ra-
cine d'où elles naiſſent : & ac-
quererez en ſuite vne grande
facilité pour la pratique de
toutes les vertus, quand vous
ſerez perſuadé viuement que
Dieu veut & vous comman-
de de les pratiquer. Et ainſi
dans cette noble veuë du bon
plaiſir de Dieu, l'humiliation
ne vous ſemblera point vile,
l'abſtinence rude, la mortification faſcheuſe, la patience
difficile, le ſilence ennuyeux,
la ſolitude eſtrange, le trauail

onereux, la pauureté honteu-
fe , la chaſteté impoſsible,
l'obeiſſance intolerable ains
ſupporterez courageuſement
& joyeuſement le ſuaue joug
de noſtre Seigneur dans la
douce penſée, que c'eſt luy-
meſme qui vous le charge ſur
vos eſpaules ; à l'éxemple de
Dauid qui diſoit en de ſem-
blables rencontres, *obmutui,*
& non aperui os meum, quoniam
tu feciſti. IV.

Quand vous ſerez obligé
de dôner quelque ſatisfaction
à vos ſens dans l'ordre pourtant de la raiſon, & de la vo-

lonté de Dieu , comme de
manger, boire, se vestir, par-
ler, se diuertir pour deslasser
l'esprit, voir quelque chose de
beau , en entendre d'agrea-
bles; receuoir de l'honneur,
ou chose qui vous contente;
faire quelque action éclatan-
te, comme Prescher, compo-
ser des Liures, entretenir les
Grands, gouuerner de Sujets,
commander aux autres, ou
autres choses semblables, qui
sont l'appas, & la nourriture
de l'esprit de nature si on n'y
prend garde: Alors faites reflexion de fois à autres sur

vous mesme pour examiner si vous ne vous y recherchez pas dauantage que l'accomplissement de la pure volonté de Dieu. Cette reflexion vous seruira de flâbeau pour découurir les secrettes recherches de l'amour propre, & vous donnera de la force pour y resister.

V.

Dieu nous exerce souuent en l'Oraison Mentale par des secheresses estranges, qui font quelquesfois perdre courage à l'ame par le mauuais vsage qu'elle en fait, iusques à aban-

donner

donner ce sainct exercice, ou
au moins s'y comporter fort
laschement : & qui neant-
moins n'estant pas volontaires , ains prises comme en-
uoyée de la part de Dieu, fer-
uent beaucoup plus, ainsi que
disent les Saints, pour la faire
aduancer en la vertu , que
l'estat de pure consolation.
Ores afin de remedier à vn si
grand mal & si ordinaire,
quád il vous arriuera de semblables ariditez , conformez
vous paisiblement à la saincte
volonté de Dieu , qui vous
veut en cét estat de priuation:

souffrant auec patience, resi-
gnation & perseuerance l'o-
peration diuine en vous, qui
détruit celle de vostre propre
volonté, à l'exemple de Iesus-
Christ nostre Seigneur, qui
dans cette extréme tristesse,
où il se trouua au Iardin des
Oliues, ne fist autre priere
iusques à trois fois, sinon,
mon Pere, vostre volonté soit
faite, & non la mienne, dans
toute l'estenduë des douleurs
qui me sont preparées. S'il
faut que ie souffre, i'en suis
content, puisque c'est vostre
bon plaisir.

VI.

Enfin, ouurez vos yeux
pour voir, vos oreilles pour
entendre, & vostre esprit
pour comprendre cette im-
portante verité prononcée
par la bouche du Fils de Dieu
qui doit juger les viuants &
les morts, à sçauoir, *Qu'il n'y*
aura de sauuez, que ceux qui
auront fait la volonté de Dieu
son Pere, & de damnez que ceux
qui ne l'auront pas faite : Cette
diuine pratique, estant ce vn
necessaire à salut, à l'exclu-
sion de tout le reste qui peut-
estre au monde : *Non omnis qui*

*dicit mihi, Domine, Domine,
intrabit in regnum cœlorum: sed
qui facit voluntatem Patris mei
qui in cœlis est, ipse intrabit in
regnum cœlorum.*

Laus Deo Mariæ, Francisco.

F I N.

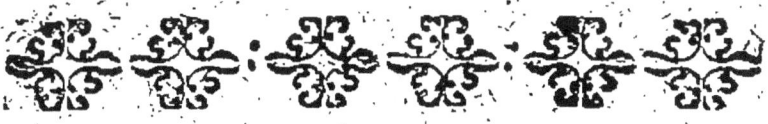

A NOSTRE SEIGNEVR

Iesus-Christ preschant, pour obtenir la grace de profiter de sa sainte parole.

ENFIN, ô IESVS, vous vous manifestez au monde, apres auoir demeuré trente ans dans la solitude de Nazareth, vous vous faites parestre, & vous annoncez la Doctrine de salut. Vous nous apportez les heureuses nouuelles que la nuit est passée, & que le iour est leué, que les figures se retirent pour faire place aux veritez, que le regne du peché va estre détruit, que les hommes vont sortir de la captiuité du Diable, que vous le dépoüillerez de sa puissance, ou plutost de la tyrannie qu'il exerce sur eux, qu'ils ne sont plus les ennemis du Pere Eternel, qu'ils vont deuenir ses enfans, qu'ils seront vos freres, & vos membres. Beny soyez vous, ô celeste Messager. Que vos pieds sont beaux, ô adorable Euangeliste de paix! Ie les baise hum-

blement, & vous adore faisant cette haute fonction de
Docteur, ô Verité increée &
incarnée. O IESVS, à qui
vostre Pere celeste ne cache
rien de ses secrets, ô Abysme
infiny de la Sapience diuine,
ô Ange du grand Conseil,
ô Dispensateur des mysteres
du Ciel, ô Messie si long-
temps desiré, & si desirable.
Nous meritons de demeurer
dans les tenebres de nostre
ignorance,& dans le profond
abysme de nospechez, d'estre
tousiours charnels & ani-
maux, en nos raisonnemens,

en nos pēsées, en nos paroles,
en nos desirs, enfin en toutes
les actions de nostre vie. C'est
par pure misericorde que vo⁹
nous venez retirer de cét
estat, & que vous nous dai-
gnez instruire. Qui ne vous
adioustera vne foy entiere?
Vous estes la Verité mesme,
de sorte que vous ne pouuez
mentir. Vous estes la Voye,
de sorte que vous ne pouuez
nous égarer. Vous estes la vie,
de sorte que vous ne pouuez
nous donner aucun ensei-
gnement qui ne nous viuifie.
Oüy, Seigneur, ie croy tout

ce qu'il vous plaift de m'en-
feigner, & cette creance eft
vn effet de voftre Grace. C'eft
vous qui m'auez donné des
oreilles pour vous entendre,
car pour celles d'Adam, elles
ne font point capables de vos
Veritez. Mais il ne fuffit pas
que ie croye, il faut que ie
faffe; Il faut que voftre parole
laquelle vous répandez comme vne femence celefte, ger-
me dans mon ame, & rapor-
te vne abondante moiffon.
Le Monde, la Chair, & le
Diable, mes habitudes vi-
cieufes, mes inclinations cor-

rompuës, l'eſtouferont ſans
doute, ſi vous ne m'aſſiſtez
puiſſamment Car le Ciel n'eſt
pas plus eſloigné de la Terre,
que leurs maximes le ſont des
voſtres. Vous preſchez qu'il
faut ſe haïr ſoy-meſme, cru-
cifier toutes ſes conuoitiſes,
renoncer à toutes ſes affections, ne faire aucun conte,
ny des hõneurs, ny des biens,
ny des plaiſirs de la Terre; aimer les opprobres, la pauureté, & la douleur; rendre le
bien pour le mal; benir ceux
qui nous perſecutent, toûjours veiller, touſiours prier,

traiter fon corps comme vn
ennemy, & le reduire en vne
rigoureufe feruitude. Ces en-
feignemens, ô Iefus, font ad-
mirables, mais fans vous ie
n'ay aucune capacité pour les
comprendre, & encore moins
de force pour les pratiquer.
Ouurez-moy donc le cœur,
afin qu'ils y entrent, & bou-
chez-le auffi-toft, afin que les
oyfeaux du Ciel ne viennent
pas emporter ce grain precieux. Empefchez que les
épines des defirs du fiecle ne
l'eftouffent. Verfez-y vne
fainte rofée qui le faffe mul-

tiplier, & qui le nourriffe.
Conduifez-le à vne parfaite
maturité. Donnez-moy vne
grande faim de cette nourriture facrée, & vn grand ref-
pect pour tous ceux qui me
l'annonceront de voftre part.
Que ie vous regarde, & vous
efcoute en eux. Que ie ban-
niffe de mon efprit toute cu-
riofité de chofes nouuelles &
fuperfluës. Que ie m'appli-
que toutes leurs reprehen-
fions,& que dans le miroir de
leurs difcours, ie ne voye iamais que mes taches. Mais
que ie ne les oublie pas auffi-

toſt que ie les auray veuës.
Donnez-moy la reſolution,
& le moyen de les effacer par
les larmes d'vne veritable pe-
nitence, & que ie ne differe
point vne correction ſi im-
portante, afin de receuoir la
recompenſe promiſe à ceux
qui auront entendu & gardé
voſtre parole. Ainſi ſoit-il.

ORAISON A LA GLO-
rieuſe Vierge Marie.

SOuuenez-vous, tres-pieu-
ſe Vierge Marie, Mere de
conſolation, qu'il ne fut iamais dit, perſonne auoir eſté
refuſée ou delaiſſée, laquelle
parmy ſes afflictions & neceſ-
ſitez a eu recours à voſtre ay-
de, & demandé l'aſſiſtance de
vos prieres & credit enuers
voſtre cher Fils Ieſus. En cette grande confiance, pauure
ame pechereſſe que ie ſuis, ie
viens à vous, Mere des Vier-

ges, ie m'y addreſſe de tout
mon cœur : & en larmes &
& ſouſpirs, ie vous prie &
reclame humblement voſtre
ſecours. Octroyez-moy donc
cette grace de voir mes pleurs
& d'ouïr mes prieres, afin que
par vos faueurs : il vous plaiſe
les faire exaucer.

Ainſi ſoit il.

F I N.

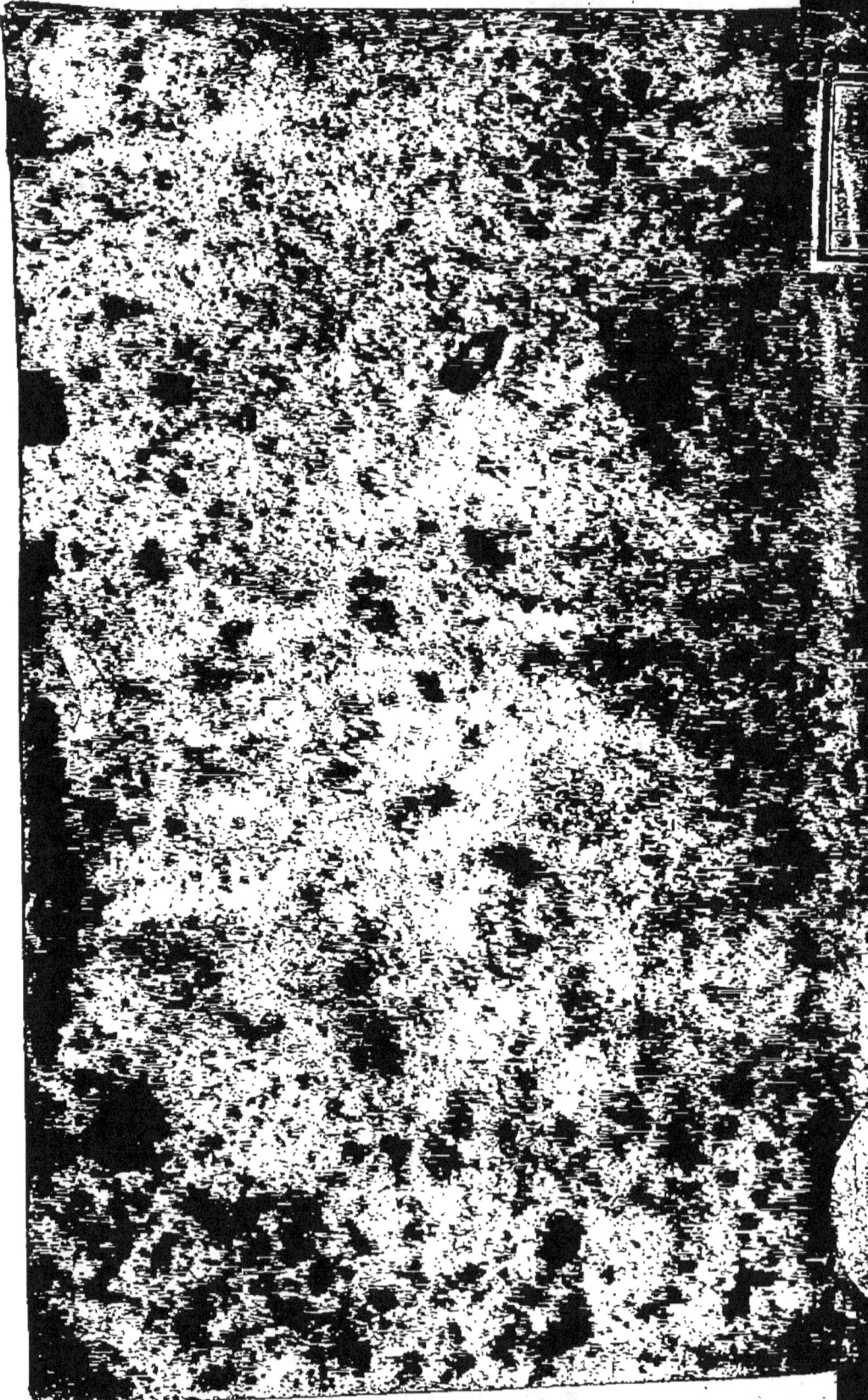

www.ingramcontent.com/pod-product-compliance
Lightning Source LLC
Chambersburg PA
CBHW051552280626
47162CB00022B/1720